世界经典童话小说书

U0676251

不老王子

著者／伊昂·克里昂迦 等　　编译／宋占山 等

吉林出版集团股份有限公司｜全国百佳图书出版单位

图书在版编目（CIP）数据

不老王子／（罗）伊昂·克里昂迦等著；宋占山等编译. --

长春：吉林出版集团股份有限公司，2016.12

（世界经典童话小说书系）

ISBN 978-7-5581-2094-7

Ⅰ.①不… Ⅱ.①伊… ②宋… Ⅲ.①儿童故事 – 作

品集 – 世界 Ⅳ.①I18

中国版本图书馆CIP数据核字（2017）第065135号

不老王子

BULAO WANGZI

著　　者	伊昂·克里昂迦 等	
编　　译	宋占山 等	
责任编辑	关锡汉	
封面设计	张　娜	
开　　本	16	
字　　数	50千字	
印　　张	8	
定　　价	18.00元	
版　　次	2017年8月　第1版	
印　　次	2019年4月　第3次印刷	
印　　刷	三河市嵩川印刷有限公司	
出　　版	吉林出版集团股份有限公司	
发　　行	吉林出版集团股份有限公司	
地　　址	长春市绿园区泰来街1825号	
电　　话	总编办：0431-88029858	
	发行部：0431-88029836	
邮　　编	130011	
书　　号	ISBN 978-7-5581-2094-7	

儿童自然单纯，本性无邪，爱默生说："儿童是永恒的弥赛亚，他降临到堕落的人间，就是为了引导人们返回天堂。"人们总是期待着保留这份童真，这份无邪本性。

每一个儿童都充满着求知的欲望，对于各种新奇的事物，都有着一种强烈的好奇心，这样在成长的过程中就不可避免地被好的或坏的事物所影响。教育的问题总是让每个父母伤透了脑筋，生怕孩子们早早地磨灭了童真，泯灭了感知美好事物的天性。童话很好地解决了这个问题，让儿童始终心存美好。

徜徉在童话的森林，沿着崎岖的小径一路向前，便会发现王子、公主、小裁缝、呆小子、灰姑娘就在我们身边，怪物、隐身帽、魔法鞋、沙精随时会让我们大吃一惊。展开想象的翅膀，心游万仞，永无岛上定然满是欢乐与自由，小家伙们随心所欲地演绎着自己的传奇。或有稚童捧着双颊，遥望星空，神游天外，幻想着未知的世界，编织着美丽的梦想。那双渴望的眸子，眨呀眨的，明亮异常，即使群星都暗淡了，它也仍会闪烁不停。

　　童心总是相通的，一篇童话，便会开启一扇心灵之窗，透过这扇窗，让稚童得以窥探森林深处的秘密。每一篇童话都会有意无意地激发稚童的想象力和感知力，让他们在那里深刻地体验潜藏其中的幸福感、喜悦感和安全感，并且让这种体验长久地驻留在孩子的内心，滋养孩子的心灵。愿这套《世界经典童话小说书系》对儿童健康成长能起到一点儿助益，这样也算是不违出版此书的初心了。

编者

2017 年 3 月 21 日

2

目录
MULU

小王子历险记

　　从前有个国王，他有三个儿子和一个哥哥。哥哥是另一个王国的国王，人称绿国王。

　　绿国王没有儿子，只有几个女儿。因年事已高，他便写信给弟弟，请他派一个可靠的侄子来，以后接替自己的王位。

　　"你们的伯父写信来说，要你们之中的一个人去他那里继承王位，你们谁愿意去呀？"收到哥哥的信，国王立刻召集儿子们商议。

　　"父亲，我是长兄，让我去吧。"大王子说。

"好吧，如果你觉得自己有这个能力。"国王虽然觉得他不行，但还是答应了。

大王子带着父亲的亲笔信启程了。天快黑的时候，他来到一个桥头，发现一头熊正在咆哮。他顿时吓得浑身发抖，不敢往前走，只好原路返回。

"我的儿子，你怎么回来了，忘记带什么东西了吗?"国王觉得奇怪。

"我刚要过桥，发现那里有一头熊，特别可怕，好不容易才逃回来。父亲，我不想去当国王了。"大王子还在发抖。

"唉，我的儿子，你太懦弱，不适合当国王。"国王长叹一声。

"父亲，让我去吧!"二王子站出来。

"好，去吧，希望你不要半途而废。"国王答应了他的请求。

第二天，二王子带着父亲的亲笔信上路了。当他快走到桥头时，仍看到一头熊在桥下对他咆哮。二王子也害怕了，立刻调转马头就跑。

"你们太给我丢脸了，平时仗着自己的身份四处吹嘘，无所事事！"一看二王子也回来了，国王气得暴跳如雷，大声训斥他们。

听了父亲的挖苦，小王子满脸通红，跑出去伤心地哭起来，同时琢磨不给父亲丢脸的办法。

这时，一个老太婆走过来向小王子乞讨。

"王子，您为什么事伤心呀？好运终将属于您，请您发发善心，帮帮我吧。"老太婆对小王子说道。

"老婆婆，钱虽然不多，但这是我的一份心意。"小王子给了她一点儿零钱。

"您给了我钱，老天也会赐给您更多的，祝您长命百岁。王子，听我说，去找您父亲，请他把结婚时穿的衣服、武器和战马给您。这样，您就能做到哥哥们做不到的事情了。那件衣服如今已经旧了，武器也生了锈。至于那匹战马，您端一盆烧红的木炭去，它吃了木炭，就会变得精神抖擞，助您成功。相信我，我们还会再见面的。"老太婆说完就不见了。

"父亲，让我去吧，无论成败，我都不会回来的。"小王子鼓足勇气对父亲说。

"我的儿子，希望你能够成功。如果也像你哥哥们那样，我会失望至极的。"国王对小王子说道。

"还有，父亲，请把您结婚时穿的衣服、武器和战马给我吧，我想带着它们上路。"小王子请求。

"当年我骑的马已经不知哪儿去了，你能找到吗?"国王皱了皱眉头。

"您不必担心，我会找到的。"小王子满怀信心。

国王只好同意了他的请求。

小王子拿出马笼头、缰绳、马鞭和马鞍，上面满是灰尘，显然很久没用了。

他又拿出几件旧衣服、弓箭、一把剑和一根木棍，端着一盆烧红的木炭来到马厩，把炭盆放在马厩中央。

一匹瘦弱的老马走过来，吃了一口木炭。

"讨厌，再敢吃，看我怎么收拾你！"小王子拍了一下马头。

可老马丝毫不理会他，把木炭吃了个精光。

小王子想，骑这样的马还不如步行。可就在这时，老马摇身一变，成了一匹彪悍的骏马。

"主人，骑到我背上来。"它竟然开口说话了。

小王子跃上马背，那匹马竟驮着他飞上云端，飞过月亮，飞向太阳。

"我的主人，感觉怎么样？"马问小王子。

"我的好伙伴，你飞得太快了，我有些头晕。"小王子确实觉得头脑发胀。

"刚才你打我，我也是脑袋发晕，这下咱们扯平了，现在知道我的厉害了吧。告诉我，想让我慢点儿飞还是快点儿飞？"马问他。

"慢点儿，再快真的要出人命了。"小王子笑着回答。

"坐好，我们回去！"马平稳地飞回王宫。

小王子回家拿上必备物品，带上父亲的亲笔信出发了。

傍晚，小王子来到桥头，一头熊站在桥下咆哮。他骑马冲上去，举起木棍。

"别打，是我！"熊开口说话了。

小王子仔细一看，原来是父亲披着一张熊皮。他立刻跳下马拥抱父亲。

"你经受住了考验，祝贺你！记住，路上有好人也有坏

人，你一定要避开光脸人，因为他非常狡猾，会伤害你的。遇到危险，这匹马会帮助你。带上这张熊皮，也许有一天能用得上。一路平安，我的儿子!"国王的眼里充满了慈爱。

小王子骑马走了四十九天，来到一座茂密的森林。这时，一个光脸人迎面走来。

"小伙子，见到您很高兴，需要帮助吗？这一带道路崎岖，经常有野兽出没，一个人走路很危险。"光脸人假惺惺地说道。

"不用了，谢谢。"小王子继续赶路。

他上了一条小路，又看见一个光脸人。

"您好，小伙子，需要帮助吗?"光脸人穿着不同的衣服，用不同的腔调问道。

"不用了，谢谢。"小王子还是同样的回答，然后继续赶路。

小王子发现迷路了，后悔没听光脸人的话。他正后悔，又一个光脸人出现了。

"小伙子，这条路很危险，前面就有野兽，我来帮您吧。"光脸人非常热情。

"好吧，那就跟上我。"小王子勉强同意，继续赶路。

突然，光脸人说他口渴，向小王子讨水喝。

小王子把水瓶递给他。光脸人作了个鬼脸，然后将瓶口朝下，倒光了瓶里的水。

"你在干什么，没有水我们怎么走路啊?"小王子非常生气。

"别生气，我的主人，这瓶水有味了，喝了会生病的。前面有一口井，里面的水是甜的，我们现在就过去。"光脸人解释道。

前面不远处果然有一口井。井口装着栏杆，井盖开着，井很深，有梯子通向井底。小王子脸上露出笑容。

"井里可真凉快，您要不要下去待一会儿?"光脸人把水瓶装满水，从井里爬上来。

天真的小王子哪懂得防人之心不可无的道理，听了光脸人的话，马上下到井里。他刚到井底，就听"砰"的一声，井盖被关上了。

"哈哈，你上当了！你是什么人，从哪儿来，到哪儿去？快说，否则就让你死在井里！"光脸人站在井盖上得意洋洋地说道。

小王子无奈，只好告诉了他实情。

"哼，我就暂时相信你。不过你要发誓，从今以后，对我百依百顺，就算是刀山火海，我要你跳，你也必须跳！总之，我就是你的主人。你要是敢把我们之间的事情说出去，我就要你的命！"光脸人恶狠狠地说道。

小王子为了出去，只好答应他的要求。

"从今天起，你的名字是哈拉·爱柏，记住了吗？"光脸人说完，拿起他的行李。

几天后，他们终于到达了目的地，光脸人带着国王的亲笔信去见绿国王。

绿国王一看侄子来了，非常高兴，立刻把他介绍给大臣和女儿们。看见大家都将他当成了王子，光脸人立刻叫来小王子。

"你平时就待在马厩里，好好喂马，要是敢偷懒，我就狠狠地收拾你。还不快去，记住这个!"他打了小王子一记耳光。

小王子什么都没说，转身去了马厩。

"你不应该这样对待下人，作为高贵的人，应该可怜他们。"公主们非常同情小王子。

"对待下人就要有对待下人的样子，否则这个世界岂不乱套了!"光脸人一副小人得志的样子。

尽管光脸人油嘴滑舌，但他丑陋的心灵还是在公主们的心里留下了阴影，她们甚至开始怀疑他的真实身份。

当着父亲的面，公主们对光脸人还很客气，可是背地里总躲着他。

一天，光脸人和绿国王一家共进晚餐，最后一道菜是烧莴苣。

"你吃过这道菜吗?"绿国王问光脸人。

"没吃过。莴苣非常好吃,吃一车都不嫌多。"光脸人低头只管吃。

"这种莴苣可是来之不易,是大熊菜园里特有的,只有最勇敢的猎人敢去采摘。"绿国王骄傲地说道。

"这个不难,我的仆人可以做到。"光脸人心生一计,连声说。

"我不过是顺口一说,我可不想让你们去冒险。"绿国王赶紧打圆场。

"伯父不必担心,我的仆人肯定行的。"光脸人不肯放过这个除掉小王子的绝好机会。

说完,他立刻叫来小王子。"快去大熊菜园采摘一些莴苣来,马上去!"光脸人厉声吩咐。

"我的骏马,你要是知道我的痛苦该有多好。父亲再三叮嘱我,而我却没有听他的话。"小王子来到马厩,抚摸着骏马。

"主人，拿出勇气来，骑到我的背上，我带你去一个地方。"骏马不紧不慢地说道。

小王子跃上马背。

"善恶终有报！"骏马说完腾空而起。

他们在大海中的一座小岛上落下来。小王子立刻惊呆了，之前向他乞讨的老太婆此刻正站在一间小房子前。

"我们又见面了，小王子。我叫圣礼拜天，我知道你为什么来找我。光脸人确实阴险狡诈，让你采摘莴苣是想趁机除掉你。你今晚就住在我这儿，我来想想对策。"老太婆慈祥地说道。

她采来一些具有安眠作用的龙胆草，加上牛奶和蜂蜜煮成汤，连夜赶往大熊菜园。

圣礼拜天将汤倒进大熊菜园的井里。

大熊气势汹汹地走过来，闻到井水散发出来的甜味，便咕咚咕咚地喝起来。不一会儿，它就倒在地上睡着了。

"赶快披上你父亲给你的熊皮，骑马去大熊菜园。大熊正在睡觉，你可以尽情采摘。万一大熊醒了，你就把熊皮扔到它身上，然后赶紧离开。"圣礼拜天叫醒小王子，对他面授机宜。

小王子来到大熊菜园，采摘了很多莴苣，刚想离开，突然听到一阵咆哮声，大熊真的醒了。他赶紧把熊皮扔到大熊身上，拼命跑出菜园。

小王子将莴苣交给光脸人。看到这么多莴苣，绿国王和公主们不禁大吃一惊。

"伯父，您看见了吧！"光脸人得意地说。

"侄儿，我要是能有这样的仆人就好了！"绿国王感慨万分。

几天后，绿国王拿来几块宝石让光脸人看。

"见过这样的宝石吗？"绿国王问。

"我从没见过这么珍贵的宝石，从哪里找来的？"光脸人非常好奇。

"鹿森林里有一头鹿，浑身上下全是宝石。据说鹿的眉心上有一颗像太阳一样亮的宝石。不过，想得到它可不容易，那头鹿会魔法，人只要看它一眼便会立刻死掉。不过，每七年鹿会抖落一回身子，宝石就会掉下来。我这些宝石就是别人捡到送给我的。"绿国王回答。

"伯父，让我的仆人去吧，他一定会把鹿身上所有的宝石都给您拿来。"光脸人立刻叫来小王子。

"你马上去鹿森林，把鹿身上所有宝石都拿来，特别是它眉心上的那颗。要是少了一颗，我要你的命，快去！"他冲小王子大声喊道。

小王子又对马讲了光脸人的诡计。

"别担心，我的主人，快骑到我的背上来，我带你去一个地方。"骏马说。

小王子跃上马背。骏马驮着他再次来到圣礼拜天的家。

"又有难处了吧！"圣礼拜天正等着小王子。

"是。"小王子将光脸人的诡计告诉了她。

"今晚你就住在我家，我会帮你的。但要记住，千万别灰心，做任何事情都是要付出艰辛的。"圣礼拜天说道。

她递给小王子一个大胡子精灵面具和一把宝剑，然后陪他前往鹿森林。他们在鹿森林的泉边挖了一个大坑。

"你戴着面具，手握宝剑，埋伏在坑里。中午，鹿会来泉边饮水，然后去睡觉。当它睡熟打鼾时，你一剑砍下它的头，然后赶快躲回坑里，一直到太阳下山。这段时间，鹿头会不停地呼喊你的名字，求你看它一眼。你千万别偷看，否则必死无疑。只有太阳下山后，鹿才会彻底死去。那时，你可以放心地剥下鹿皮，将鹿头原封不动地拿到我这儿来。"圣礼拜天叮嘱道。

说完，她就走了。小王子埋伏在坑里，等待鹿的出现。

中午时分，鹿果然来了，饮了几口水，然后发出鼾声。小王子从坑里爬出来，一剑砍掉鹿头，跳回坑里继续埋伏。

"小王子，看我一眼吧，求你啦!"鹿苦苦哀求着。

小王子没有理睬，静静地躲在坑里，直到太阳下山。他剥下鹿皮，带上鹿头，来到圣礼拜天的家。

"孩子，我们又渡过了一关。恶有恶报，光脸人不会得意多久的，你把这些东西给他就是。"圣礼拜天说道。

小王子谢过她，回去将东西交给光脸人。

"我的仆人还行吧!"光脸人很得意，但也苦于无法致小王子于死地。

"我要是有这样的仆人，一定将他奉为上宾，人才难得啊!"绿国王再次发出感慨。

"仆人就是仆人，我做事向来尊卑有序、奖罚分明。将来我当上国王，一定要让王国焕然一新。"光脸人已经俨然将自己当成国王了。

绿国王听后气得发疯，公主们也都气得咬牙切齿。

过了几天，绿国王为侄子大摆筵席，邀请了很多贵宾。

公主提出让小王子作为侍从到场，光脸人只好勉强答应。

但光脸人对小王子提出苛刻的要求——只能站在自己身后，不准抬头，否则就砍下他的头。小王子答应了他的要求。

宾客们吃得兴高采烈，海阔天空无所不谈。有人提起了红国王，说他心狠手辣，还说他的女儿貌似天仙，但很多人向她求婚都没能成功。

"都是些蠢材，我这就叫我的仆人去把她带来。"光脸人目空一切。

"马上把红国王的女儿给我带来，快去！"他转身吩咐小王子。

"骏马啊，光脸人又发难了，让我把红国王的女儿给他带去。都说红国王心狠手辣，杀人如麻，要他的女儿，那不是自寻死路嘛！"小王子又伤心地来到马厩。

"人生下来就一定会遇到很多坎坷，放心吧，你会没事的。我陪你去见红国王，这回一定狠狠地惩罚一下光脸人！"骏马安慰他。

他们走了很久，来到一座茂密的树林。树林边有个怪人，正在用二十四车木头生火取暖，可还吵着冷。

"朋友，你好。生了这么一大堆火还说冷，想必你是霜神吧！"小王子笑着问。

"别笑，小王子。没有我在你身边，你是不会成功的。"霜神拍着胸脯。

于是，小王子带上他继续往前走。两人走了不远，看见前面有个巨人正在大口大口地吞吃泥巴，但仍然吵着饿。

"朋友，你好。吃了这么多泥巴还说饿，想必你是饿鬼吧！"小王子笑着问。

"别笑，小王子。没有我在你身边，你是不会成功的。"饿鬼也拍了拍胸脯。

小王子带上他继续往前走。三人走了不远，又遇见一个巨人，他喝干了二十四个池塘里的水，但还吵着渴。

"朋友，你好。喝了这么多水还说渴，想必你是渴鬼吧！"小王子笑着问。

"别笑，小王子。没有我在你身边，你是不会成功的。"渴鬼说。

小王子带上他继续往前走。四个人走了不远，看见一个独眼怪人。

"朋友，你好。你只有一只眼，想必你是千里眼吧！"小王子笑着说。

"别笑，小王子。没有我在你身边，你是不会成功的。"千里眼说。

于是，小王子带着他继续往前走。

五个人刚走出不远，又遇上一个身体能伸能缩、正在拉弓射鸟的怪人。

"朋友，你好。我是叫你宽身人好，还是叫你长腿人好，或者叫你宽身长腿捉鸟人？"小王子笑着说。

"别笑，小王子。没有我在你身边，你是不会成功的。"宽身长腿捉鸟人说。

于是，小王子带上他继续往前走。六个人不知不觉来到了红国王的王国。

六个人来到王宫，小王子说明了来意。

红国王看他们个个衣帽不整，便没说什么，让他们先住一晚，第二天再做商议。

他虽然嘴上说得挺好，可是暗地里交代心腹，把小王子等人带到熔铜屋去睡觉，打算把他们烧成灰。此时，心腹将熔铜屋烧得通红。"我先进屋，然后你们再进去。"霜神悄悄对大家说。

小王子一行人跟着心腹来到熔铜屋。霜神进屋吹了三口气，房子顿时冷却下来。

"你们就要化成灰了！"心腹一边想着，一边将门反锁。

第二天，红国王派他来打扫骨灰，发现屋子竟然已经冻成冰坨，好不容易才把房门打开，小王子等人却从屋里安然无恙地走出来。

"尊敬的国王陛下，绿国王的侄子向公主求婚，还请陛下恩准，让我带公主回去。"小王子请求道。

"吃完东西再说吧。"红国王又打起了鬼主意。

红国王派人送来十二车面包、十二头烤牛和十二桶酒。

"你们几个先吃，要吃饱。"饿鬼和渴鬼对大家说道。

大伙吃饱喝足，轮到他们了，两人风卷残云，没一会儿工夫就把所有的东西全吃喝光了。

"尊敬的国王陛下，绿国王的侄子向公主求婚，请陛下恩准，让我带公主回去。"小王子又请求道。

"不忙，我女儿可不是一般的姑娘，不会轻易让人娶到手。小伙子，她今晚由你们来守卫。如果明天早上公主还在，我就答应你们的请求，如果公主没了，你们可就要吃苦头了。"红国王又想了一个坏主意。

前半夜平安无事，可是刚过午夜，公主变成一只小鸟飞走了。

"公主变成了小鸟，在地球另一边的芦苇丛里，快捉住她！"千里眼对捕鸟人说道。

捕鸟人迅速放开四肢，伸手去抓，小鸟却飞走了。在千里眼和捕鸟人的相互配合下，小鸟最后还是被捉了回来。

天亮了，红国王见女儿仍坐在屋里，气得简直要发狂。

"尊敬的国王陛下，绿国王的侄子向公主求婚，请陛下恩准，让我带公主回去。"小王子再次请求道。

"好吧，你可以把她带走了。"红国王很生气，但也没有办法，只好同意。

"我们得赶紧回去，因为我的主人已经等急了。"小王子对公主说。

但公主却阻止了他，并说要满足她一个条件才会跟小王子走："让你的马和我的鸽子一起去山里，摘来三根苹果树枝，取来活命水和忘忧水。如果我的鸽子先带东西回来，你就死心吧。要是你的马先带东西回来，我立刻跟你走。"

鸽子和马在天上你追我赶，由于鸽子天生就擅长飞行，所以先拿到了东西。在鸽子返回的路上，马截住了它。

"善良的鸽子，把树枝和水给我吧，这样对咱俩各自的主人都有好处。"马亲热地说道。

鸽子正在犹豫，马抢下东西就跑。看见马先把东西带回来，小王子开心极了。此时公主也无话可说了。

"父亲，为我们祝福吧！"她拥抱着父亲。

红国王送别了女儿，小王子带上公主和伙伴们上路了。

小王子一行走了很久，在一个地方停了下来。

"再见了，朋友，祝你们幸福。"霜神、饿鬼、渴鬼、千里眼和捕鸟人一起向小王子告别。

小王子谢过伙伴们，带着公主继续赶路。

公主的身姿容貌、言谈举止让小王子喜欢上了她，让他把莴苣和宝石送给光脸人可以，但要是让他把公主交出去，他是一万个不愿意，可应该怎么办呢。

几天后，二人终于回到了绿王国。

一看红国王的女儿长得如此漂亮，光脸人便想立刻将她抱在怀里。

"滚开，我的丈夫是小王子，他才是绿国王真正的侄子！"公主一把推开他。

绿国王和公主们大吃一惊，这才知道光脸人原来是冒充的。

"违背誓言的人必死！"光脸人一看阴谋败露，发疯似的冲上去，一剑砍掉小王子的头。

"光脸人，你太过分了，你才是应该受到惩罚的人！"马立刻冲过去，用后蹄狠踢他。光脸人被踢得满地打滚。

红国王的公主用三根苹果树枝连上小王子的头，浇上活命水和忘忧水。小王子复活了。

"我在做梦吗，你怎么会在这里？"他睁开眼。

"要是我不在这里，你就要睡上一辈子了。"红国王的公主温柔地说道。

后来，绿国王为一对新人举行了隆重的结婚典礼，并为小王子举行了加冕仪式。

不老王子

很久很久以前，有一个富饶的王国，国王年轻帅气，王后美丽温柔，两个人很是恩爱。国王和王后治理国家有方，爱民如子，深受百姓爱戴。可美中不足的是，他们结婚多年，却一直没有孩子。为此，他们找了很多医生和巫师，尝试了各种各样的方法，但都没能成功。

两个人还无数次地找到占星家，请他们用星相占卜一下他们是否会有孩子，可结果令他们十分失望。

贵族大臣们也很着急，他们到处打听有没有人能够帮助国王和王后实现他们的愿望。这一天，一位近臣打听到有个巫医老头在这方面很有本事，急忙禀告了国王。这个巫医老头住在一个偏远的村庄，国王听后马上派他去那个村庄将巫医老头请到王宫来。

近臣见到了巫医老头，也见识了他的本事。村里不少没有孩子的人家，求过巫医老头后都有了自己的孩子。近臣和巫医老头说明了来意，巫医老头说："凡是到我这里求子的，都必须本人亲自前来，国王陛下也不能例外。"

近臣回到王宫，向国王说明了情况。国王非常开心，带着王后、贵族大臣、士兵、侍役即刻出发。一行人来到巫医老头住的村庄，得到了巫医老头的热情迎接。

国王向巫医老头诉说了他和王后盼望早日生个王子的愿望。巫医老头摇摇头说："国王陛下，你命中没有儿子。如果你一定要个儿子，会给你带来无尽的悲伤。所以，我劝陛下还是不要孩子好。"

国王听到巫医老头有办法让他得到孩子，非常兴奋，急不可耐地说："什么悲伤我们都不怕，我们只想生个王子，如果你有办法让我们生下王子，请快快帮助我们。"

巫医老头看到国王心意已决，无法劝服，就拿出一种药粉来，递给国王，嘱咐道："请国王和王后每天半夜时各服用一勺，日日不能间断，连续用三十天。如果这三十天内不多不少正好下三场雨，你们就停止服药。一个月之后，你们就能实现愿望了。"

国王急切地问道："要是没下三场雨呢，会怎么样？我们还能再来找你么？"

巫医老头说："如果没下三场雨，那我也没有办法了，你们不用再来找我了。"

国王和王后相互对望了一会儿，最后，国王说："好吧，如果上天护佑我们和儿子，会送三场雨给我们的。"

二人道了谢，告别了巫医老头回到皇宫。他们按照巫医老头的嘱咐，每日按时服药，同时盼着这三十天会有奇迹出现。可是老天爷像是不知道他们的心思似的，一连二十六天过去了，一滴雨也没下。

第二十七天晚上，国王和王后一边服用着药物，一边叹气。国王说："唉，看来这次又失败了。"愁苦的二人一夜都没睡好。

第二十八天早上，他们一醒来，外边淅淅沥沥地下起雨来了！二人又惊又喜，不过这雨来得太迟了，只剩下两天了，哪里能那么巧，一天下一场呢。雨到中午就停了。第二十九天中午，天忽然阴了，下了一场急雨。这下子国王和王后紧张起来了，如果第三十天能再下一场雨，他们就会有儿子了！第三十天是他们服药的最后一天了，两个人一直盼到了半夜。王后流着眼泪问国王："今天的药我们还吃吗？"

国王也很难受，不过他是那种不坚持到最后不放弃的人，坚定地说："这一天还没过完呢，吃！"说起来真是个奇迹，两个人刚把药吃下去，外边就下起了瓢泼大雨。二人相拥而泣，看来他们的诚心打动了上天！上天也来帮助他们了！一个月后，王后怀孕了，文武百官知道这个消息后，都很高兴。

只是这个孩子还没出生，就在王后的肚子里大哭起来，日夜不停。

国王心疼王子，向他许愿说："孩子，你不要哭，父王将地上的全部财物都送给你。"

可是王子还是不停地哭。国王更加心疼了，向他许愿说："我亲爱的孩子，你不要哭了，父王让你做国王！父王答应你给你娶天下最漂亮的公主做王后。"

可是孩子听了还是哭。最后，国王发现无论什么东西都无法安慰他时，就说："我的孩子，你不要哭，我让你长生不老。"

这时孩子马上不哭了，并且顺利出生了。

宫廷里的人敲着鼓，吹着喇叭，唱着歌，跳着舞，祝贺这件大喜事。全国上下都非常开心，张灯结彩，整整庆祝了一个星期。

王子出生后，国王和王后给他取名为费特·符鲁莫斯。

他是个既聪明勇敢又勤奋努力的孩子，像他的父亲一样，深受百姓的爱戴。

费特先是习文，别的孩子要花一年学会的东西，他一个月就学会了；然后又练武，别的孩子五年才能打下的基础，他用一年就做得非常好了。国王非常喜欢这个孩子。老百姓们也欢喜极了，因为他们将有一个像所罗门国王那样聪明、有学问的青年国王。费特14岁的时候，已经文武

双全了，可是突然开始忧虑、多思起来，总是蹙着眉头，一副不开心的模样。

国王、王后和宫里的人不知道费特怎么了，开口问他原因，可他总是避而不答。

直到15岁的生日那天，国王和大臣、贵族一起设宴为他庆祝。费特从座位上站起来，说："父亲，你在我出生时向我保证的东西应该给我了。"

国王一听，心里发愁了，说："孩子，我当时那么说，是为了叫你不要哭。"

"父亲，如果你不能使我长生不老，那么我要自己到世界上去找，一直到找到为止。"费特说。

国王听到王子的话，十分哀伤："孩子，你不要离开我们，我和你母后年纪大了，如果你离开我们，我们会非常想念你的。"

贵族和大臣们跪在费特面前，求他不要离开自己的父母和国家。"你的父亲年纪大了，我们马上让你登位，给你娶世界上最漂亮的姑娘做妻子。"大臣们说。

但是没有人能劝得了王子。他对国王说："亲爱的父王，我一找到长生不老的方法就会回来的。"他又对贵族大臣们说："谢谢你们的好意，长生不老是我一生的理想，我要趁着年轻抓紧时间去寻找。我一定会成功的，你们就等着我的好消息吧。"

国王看到他很坚决，只好同意了他的要求，为他准备食物和出行所需要的各种东西。

费特来到王室养马场，那里的马是全国最好的，他准备为自己挑选一匹马。

王子先是选中了一匹神骏的枣红马，可他把马牵出马厩，刚刚把马鞍放在马背上，准备骑上去的时候，枣红马就趴在了地上。

王子又换了一匹威武的青骢马，可他刚刚把手放在马背上，青骢马就躺在了地上。

就这样，王子换了一匹又一匹，所有选中的马或趴下或躺倒在地上，都不能陪他出行。

正当费特准备离开的时候，他似乎觉得有一种力量吸引着他，令他往马厩的西南角看去，那里有一匹瘦弱的小马，身上遍布伤口。

王子觉得那种力量还在继续吸引他走过去，他拉了拉小马的尾巴，奇迹发生了，刚才还瘦弱肮脏的小马一下子变成了一匹高大神勇的宝马。

更让人惊奇的是，这匹马向王子开口问道："主人，你要我做什么事情？"

费特又惊又喜，将他的计划一字不落地告诉了这匹神马。

神马指点他说："为了实现主人的愿望，你要向父亲要来刀、矛、弓和箭筒，还有你小时候穿过的衣服。另外，你必须再服侍我六个星期，让我吃燕麦，燕麦一定要在牛奶里煮过。"

费特向他父亲要来了这匹神马，然后就开始准备神马要求他带的几样东西。他花了三天三夜将父亲的一把旧刀磨得像镜子一样亮；又花了三天三夜找到了矛和箭，将它们磨得锋利，将弓和箭筒擦得雪亮；又把自己小时候穿的衣服洗净，叠得整整齐齐。现在，这几样东西就像新的一样了！而且，这些天，他每天都给神马吃在牛奶里煮过的燕麦。

一切准备就绪后，他找到神马准备和它商量出发的日期。神马检查过他准备的东西，十分满意。它用力一抖，通身变得雪白，背上长出翅膀，对费特·符鲁莫斯说道："立即出发！"

王子重重地点了点头，披上勇士的盔甲，手执旧刀，身背弓箭和箭筒，行囊里装着他小时的衣服，跃上神马，同国王和王后以及贵族大臣们辞别。王后的眼泪流成了河，国王也不停地擦着眼角，贵族大臣们祝愿王子一路顺风，早日找到长生不老的方法，回到故土。费特用马刺刺了一下马，如风一般跃出宫门，二百个骑兵负责护送他，马夫赶着几辆装着食品和金钱的大车紧跟其后。

几天工夫，费特出了疆界，到了一处荒凉之地。他将全部财物分给了士兵，同他们告别，打发他们回去，自己只留下了马能驮得动的食物。

费特一个人驱马向东飞驰，三天三夜之后，来到了一处僻静之地。这里尸横遍野，十分恐怖。王子想停在这里休息一下，神马对他说："主人，你千万注意，我们已经走进了妖怪盖奥诺爱的地盘。她十分凶残，到这里来的人没有一个能活着离开。她过去本来是个可爱的女人，但是，她的父母因为她不听话而诅咒她，所以她终生忧郁，最后变成了女妖。"

王子听到神马的话若有所思："这样看来，她也是个可怜的女子。"

神马回答："是个可怜的女子，也是个可怕的女子。现在，她正陪她的孩子们在家里玩耍，但明天就会出来巡查，如果看到你，就会飞过来杀死你。但你不用怕，准备好武器，就可以应付不测。"

王子将弓上了弦，刀和矛准备在身边，和神马躺下来休息。夜间他们轮流值班，一夜太平。

第二天黎明，他们准备穿越森林。费特给马戴上嚼环，上了马鞍，拉紧缰绳，正准备出发时，突然听到可怕的轰鸣。神马说："主人，准备好，女妖来了！"

女妖真的来了，她走过之处，树都倒了下来。但是神马也不甘示弱，它像旋风一样升到女妖的上方，费特赶紧射出一支箭，箭头射中了女妖的脚踝，女妖一下子就倒在了地上。

费特抽出第二支箭来，准备射向女妖，女妖向他央求道："尊贵的王子，请等一等，不要伤害我，我投降了。"

王子用目光问询神马，神马点了点头。于是，王子把箭放回箭筒，下马扶起了女妖，送她回到家中。女妖请王子坐下，邀请他共同进餐。吃饭的时候，女妖痛得一直呻吟。费特马上从口袋中取出药，帮她治好了伤口，脚马上就长好了。女妖千恩万谢，王子请她以后不要再随便杀死无辜的行人。她一口答应下来，说以后再也不做任何坏事了，王子就是她的大恩人，以后需要她帮忙的话，只要对着她住的方向呼喊她的名字，她就会出现。

费特降服了盖奥诺爱，并和她交上了朋友。盖奥诺爱也十分敬佩和感谢王子，用山珍海味足足款待了王子三天三夜。

王子向她道别的时候，她向王子提出，愿意将她最美丽的大女儿嫁给王子。女妖的女儿们个个长得美丽非凡，大女儿生得尤其漂亮，一双大眼睛就像天生就会说话一样。她仰慕王子武功高强、博学多知、心胸宽广，愿意嫁他为妻。但王子还是婉拒了女妖和她的女儿。

他告诉女妖，自己在寻找长生不老的方法，在找到之前，其他事情是不会考虑的。女妖听了，鼓励他说："我认为，你有这样的马，又这样威武和仁慈，任何志向都能够达成。"

作为道别的最高仪式，费特亲吻了女妖和她女儿的额头，和他的神马又继续赶路了。他们走了十天十夜，来到了一个广阔的原野。原野一边的草长得很高，另一边已被烧光了。王子指着原野好奇地问神马："为什么会这样？"

神马回答说："这里是另一个女妖的领地，她叫斯高尔比雅。她和咱们前些天遇到的那个女妖盖奥诺爱是姐妹，父母的诅咒使她们姐妹两个都变成了怪物。斯高尔比雅是姐姐，变成怪物之后，两个女妖性情都十分乖戾，相互仇恨，经常打斗，争夺地盘。斯高尔比雅是一个三头妖，比她妹妹还凶，发怒时会喷出油脂和火焰，烧光地上的一切，这青草就是她烧掉的。你休息一下，明天一早准备迎接她的挑战。"

第二天，费特全副武装，跨上神马，勇敢地出发了。没走多远，他们听见震耳欲聋的咆哮声，神马对费特说："主人，准备好，斯高尔比雅正向我们走来。"

果然，一个三头女妖现身了！她的三张嘴中都吐出长长的火焰。神马无所畏惧，"呼"地一下腾空而起，驮着王子升到三头女妖的斜上方。费特趁机放了一箭，射中了女妖的一个头。

斯高尔比雅被射中后，收回了口中的火焰，痛哭流涕地求王子原谅她，并表示再也不为非作歹了。费特相信了她的话，指挥神马落回到地上，将女妖的头拾起放入口袋里，并应她邀请去了她的家。

斯高尔比雅热情地接待了王子，不但准备了美味佳肴，还预备了温泉洗澡水，让王子洗去疲惫，好有精神继续赶路。王子十分开心，将女妖的头还给了她，说来也怪，这头一放到伤口上，立即就重新长好了。

费特在斯高尔比雅家整整休息了三天，感谢了她的盛情，简单道别后跨上神马又出发了，继续去寻找长生不老的方法。

他们很快走出了斯高尔比雅的领地，又继续走了十天十夜，一路上荒无人烟，这一天，终于来到了一处鲜花盛开的草原。

这是一个美丽的地方，五颜六色的花朵争奇斗艳，花香馥郁芬芳，草原一望无际，蔚蓝的天空中朵朵白云悠闲地飘来飘去。

费特立刻被眼前的景色迷住了。他对神马说："我好喜欢这里，要不是为了寻找长生不老，真想在这里多停留些日子。"

神马说："主人，你的眼力不错，这里离我们要找的地方已经很近了！"

王子又惊又喜："神马啊，那你快快带我去寻找长生不老的方法吧，找到了我们好回转家乡，父王和母后以及贵族大臣们一定都盼着我回去呢。"

神马摇摇头："主人，你不要高兴得太早。我们一路上克服了很多困难，但是一会儿还会遇到更大的困难。在找到长生不老的方法之前，我们面临着巨大的危险，只有真正的勇士才能对付。"

费特握紧了拳头："我不怕，我一定要找到长生不老的方法，我相信我是真正的勇士，你给我讲一讲我们应该怎样做。"

神马点了点头说："我相信你，主人。离这儿不远有一座宫殿，宫殿里面隐藏着长生不老的方法。这座宫殿的四周，都是高大的、无法通过的森林。森林里，不管是白天

还是黑夜，都潜伏着各种怪物——世界上最可怕的野兽，我们无论如何也征服不了它们。"

费特听了神马这番话很着急，连忙问道："那要怎么样才能穿过森林？"

神马想了一会儿说："主人，我们先好好休整几天，一边休整一边想主意，我想我们一定会穿过这片森林的。"

王子虽然心里着急，但也明白欲速则不达的道理，便和神马停留在这片美丽的草原上，进行充分休整。一人一马一路劳顿，此时到了目的地，心情有所放松。先是神马睡了两天两夜，由王子值班。等神马醒过来，王子躺在草地上一觉睡了三天三夜才醒。王子睡醒之后，找到神马："我想到好办法了！刚才我梦到你驮着我在空中飞翔，你能不能带着我飞过森林？"

神马点了点头，说："可以试试，不过我要再睡上一天一夜，让体力达到最充沛才能做到。"

于是，神马睡了一天一夜，醒过来后，紧张而又兴奋地对费特说："主人，我的体力没问题了。不过，我们从来没飞过这么高，这么久。你一定要用尽所有的力气拉紧缰绳，在马鞍上坐稳，抓住我的鬃毛，两脚紧压我身体的两侧，这样才容易成功。"

王子按照神马的吩咐跨上了马背，神马飞了起来，一眨眼就到森林边缘了。神马观察了一下太阳的方向，说道："主人，妖怪们都在宫殿里吃饭。现在是飞越森林的最好时刻，抓紧我！"

费特紧紧地抓住神马的鬃毛，应声道："我抓紧了，快飞！上天一定会保佑我们的！"

神马展翅翱翔，飞得比浮动的白云还要高，不多一会儿，就飞越了森林。神马刚要准备降落到王宫的阶梯上，一不小心，马蹄碰到了一棵树的树梢。这时整个森林马上发出响声，妖怪们号叫起来，费特听到这可怕的声音顿时觉得毛骨悚然。

就在千钧一发之际，只听到宫殿里传出一个威严而又慈和的女声："不要伤害那个人和那匹马，将他们请到宫殿里边来。"

妖怪们停止了号叫，宫殿里安静下来。费特和神马被妖怪们请到宫殿里。令他们吃惊的是，发出那个声音的女主人相貌漂亮，体格匀称，而且对他们很客气。

"欢迎您，善良的青年！你不远万里到我们这里有何贵干?"

王子回答说："我来寻找长生不老的方法。"

女主人对他说："如果你找的是这个，那么恭喜你，你找到了!"

女主人带着他参观了宫殿的每个房间，同时拜见了女主人的两个姐姐。两个姐姐也十分漂亮，非常和蔼，她们对外乡来的这个高大英俊的青年充满了好感。

三个美人为费特做了精美的晚餐，十八个金盘子盛着各种各样美味可口的菜肴，四个金盅里装满了葡萄美酒。

酒足饭饱之后，三个美人劝王子留在这里，共度美好时光。王子也很喜欢女主人，毫不犹豫地决定留在这里。

他们四人很快就熟悉起来，费特把到达这里之前的全部经过，讲给三个美人听，美人们听了都啧啧赞叹。

就这样，他们一同度过了一年多的美好时光，王子和女主人的感情越来越深，他们决定结婚了。

女主人的两位姐姐非常赞成他们的决定，为他们举行了盛大的婚礼，并祝福他们两个永远相爱，永远幸福。

婚后，两个人相亲相爱，日子过得美满幸福。他们夫妻二人还经常相约出去游玩，姐姐嘱咐他们不要到远处的山谷里去，那个山谷叫作眼泪谷，到了那里的人都会遭受不幸。夫妻二人把这件事记在心上，每次出游都不远走。

就这样，幸福的二人世界持续了很长很长时间。费特不觉得时间在流逝，还是像来时一样年轻有活力，妻子的容貌和体力也没发生任何变化。

费特很喜欢这样的日子。他经常在森林里无忧无虑地散步，和妻子以及姐姐之间的和睦关系让他感到非常幸福，森林中的绿树红花让他心旷神怡。

费特经常去打猎。这一天，他看到一只兔子，就向它射了一箭，可惜偏了。于是，他又射了一箭，又没射中。费特很恼火了，就去追这只兔子。他追出很远很远，到达了一个山谷，才追上那只兔子。他又射出第三支箭，终于射死了兔子。

费特拾起兔子回到家里，并不知道所去的山谷就是眼泪谷。从去过那里以后，费特就再也没有快乐了，突然思念起父母。妻子和姐姐们看到他愁闷、忧郁的样子，猜到了一切。她们说："你这个不幸的人啊！你一定是去过眼泪谷了！"

费特忧伤地回答道："亲爱的妻子，亲爱的姐姐们，我不知道我是不是去过眼泪谷。我只知道，我现在心里思念着父母，但又不想离开你们。"

"亲爱的，不要离开我们，"她们对他说，"你的父母已经死了好几百年，你再也看不到他们了。我们怕的是你离开这里后，永远再看不到你了。"

费特掉下了眼泪："我也不愿意离开你们，可是我实在是思念父母。不管他们是否健在，我都要回去看看他们。我看过他们，就会回来，以后永远也不离开你们。"

三个美人听到他的话十分不安，劝他说："亲爱的人儿啊，不要离开我们。我们已经预感到你离开之后将遇到的灾难，你一旦离开，就再也看不到我们了。"

无论妻子和姐姐怎么劝说，费特都不能消除对父母的思念。后来，神马说："主人，如果你执意要回到家乡去，若是能同意我的条件，我可以送你回去。"

"我同意。"费特高兴地回答说，"快说你的条件。"

"我们一到你父亲的王宫，就马上返回来，1分钟也不能耽搁。"

"好吧！"费特一口答应了。

他拥抱了妻子和姐姐，同她们告别，然后就出发了。她们伤心得都哭了。

　　费特和神马先是到达了斯高尔比雅的领地，那里从草原变成了城市。他们向几个人打听斯高尔比雅的事情，他们回答说，只有他们的爷爷才从祖先那里听见过这样的传说。

　　"怎么会是这样的？"费特对他们说，"我一年前刚刚见过她。"

　　这些人都嘲笑费特，好像他在讲梦话呓语。他迷惑不解，只好骑着马继续走。这时，他的相貌不再年轻，头发和胡子都有些灰白了，但他自己并没有发现。

　　几天后，费特又到达了盖奥诺爱的领地，向当地人打听她的事，也得到了同样的回答。他怎么也不理解，怎么能在一到两年之内发生这么巨大的变化！他变得悲伤而又沉闷。他继续朝家乡的方向走，这时他的胡子和头发全变白了，长到了腰部，背也驼了，行动也缓慢了。最后，他终于到了父亲的王国，可是这里跟从前大不一样了。他找到了他出生的王宫，从马上慢慢地爬下来。神马吻了吻他的手说："主人，现在，你已经到了你父亲的王宫，如果你要同我一起走，就坐上我的马鞍，我们马上出发。"

"啊！不，我要去看看我的父王和母后，还有贵族大臣们。"费特回答说，"我马上就回来。"

"那么，主人，我只好和你永别了！"神马像旋风一样飞走了。

费特慢慢地走入王宫，这里已经严重毁坏了，里面长满了杂草，一个人影都没有，父王、母后和贵族大臣都不知道去了何方。

他叹了口气，泪水模糊了他的视线。他开始回想王宫从前的样子，回忆他的童年。他绕着王宫走了两三圈，仔细察看每一个房间，在每一个他能够想起来的角落都要停留一会儿，叹息一阵。就这样，不到一天工夫，他的头发和胡子已经长到膝盖处了，眼皮要用手来帮助才能睁开，两脚移动起来已经是非常艰难。

最后，他终于走不动了，倚坐在原来王宫地窖入口处不停地喘息，再没有一丝一毫的力气能够抬起手或是睁开眼睛。

于是，费特安静地闭上了双眼，在他出生的地方永远地安息了。

木 头 人

　　很久很久以前，有一个长得十分漂亮的女人，她的美丽在方圆百里都很知名。很多人都好奇地跑来欣赏她的花容月貌，最终或惊叹或沉醉于她的美丽。可是，一般来说，美丽的玫瑰花都是长刺的，而这个女人也有着严重的缺陷——她十分自私，听见或者看见谁比她漂亮，她就像发疯了一样。随着年纪越来越大，她有着强烈的危机感，这种缺陷在她的身上发展到极端——哪怕是她的亲生女儿长得比她漂亮，出于嫉妒，她都会要了女儿的命！

　　这是多么可怕的事情啊，可是这样的事情却真的发生了。

她生了一个女儿，女儿的美貌果然远远超过了她。由于嫉妒，这个狠心的女人思量再三，最终打定主意要杀死女儿。她花很多很多的钱买通了一个强盗，让他杀死自己的女儿。

这天，强盗抱着小家伙，来到了荒郊野外的一片草原上。这个时候，小女孩儿睡着了，强盗步伐坚定地向远处走着。可是不一会儿，孩子就醒了，开始呱呱地哭起来，那声音清脆、凄凉，强盗不得不停住了脚步。又过了一会儿，女孩儿的哭声开始变得娇媚、和谐起来，深深打动了强盗的心。

"哎，我这不是滥杀无辜嘛！这么小的孩子，我怎么忍心啊。可是，若是放了她，那么多的钱去哪赚啊！"强盗进退为难，深深地陷入了激烈的感情矛盾中。

孩子还在继续啼哭，这时候，仿佛夜间所能听到的各种声音都停止了，草原上万籁寂静，好像大自然也被孩子的哭声感动了。

强盗犹豫着，继续自言自语："不成，我不能犯这样残酷的谋杀罪，哎呀，可是我不履行诺言，就会继续受穷。若是杀了这个孩子，那一辈子都会受良心的谴责啊。这可怎么办好呢?"

强盗实在拿不出一个主意来，他干脆坐下来打算好好考虑一下。经过左思右想，强盗想到了一个好主意，这让他几乎跳了起来："我把孩子放在白蚁窝跟前，听人们说那是魔鬼出没的地方，就让魔鬼来替我解决这件事情吧，这样，我既能把钱赚到手，又不会因为杀人而受到良心的责备，这真是两全其美的好办法呀!"说着，他就把孩子放到了附近的一个白蚁窝旁边，一切妥当后，赶紧跑回了村子，告诉那个女人他已经把婴儿杀死并且掩埋妥当了。那个女人听了，高兴极了。

强盗离开后，白蚁窝前的女婴还在哭，哭声似乎传到了白蚁窝里，这时，从里面走出来一个仙女。仙女惊奇地发现婴儿后，将她抱在怀里，然后回到了底下的宫殿。一年又一年过去了，女孩儿在仙女的呵护下，在仙宫里渐渐长大，出落成一个美丽的姑娘。女孩儿一直都以为仙女就是她的母亲，但到了她该出嫁的时候，仙女对她说："孩子，你冷静地听我说，你要知道，你并不是我的女儿，你也不是一位仙女，你是个凡人。如今你已经长大了，你就应该回到人间去生活。你知道，一根木头泡在水里，即使时间再久，也成不了鳄鱼的。你永远都不能成仙，而我们仙人也永远不会变成凡人。"

仙女停顿了一下，继续说："你要记住一件事情，你一定要乔装打扮一番才能回到人间，去认识、体察人的本性。就人而言，有很多都是凶恶、毒辣、残忍的，你自己就是这样的一个受害者。你需要武装自己，来对付人类布下的陷阱。我给你准备了一副用木头做成的套子，你进去待在里面，会有充分的活动余地，我也会告诉你从里面出来的办法。另外，我给你一个咒符，当你需要我帮助时，摸一摸它，我就会出现在你的面前。我会一直从远处关照你的，因此你不用感到歇斯底里的恐惧。但是面对各种考验，你要坚强勇敢，只要你有勇气得到幸福，你的幸福就会因此而来。姑娘，我祝你幸运！"

姑娘听了仙女的话，深深地点了点头。然后，仙女含泪给养女套上了木头套子，并把她送到一个村子旁边。第二天，年轻的姑娘挨家挨户地敲门，想要找点儿活干，养活自己，但是她碰到的都是人们的白眼和冷落，没有一个人怜悯她，她感到了无边的敌意。看见姑娘的人都叫她"木头人"，都用一种嫌弃和恐惧的心情躲开她，说雇佣这样一个"木头人"就是给自己找麻烦。

姑娘的第一天凡人生活让她尝到了人间的冷暖，世态的炎凉，她伤心地哭了起来。到了晚上，她已经疲惫不堪，一头栽倒在一个院子前。

这是哈马底·马纳的院子。马纳是一个方圆百里都出了名的美男子，所有年轻的姑娘都喜欢他，把他作为追求的对象，即便是上了年纪的妇女也会对他动心的，总之，他是整个村子的中心。

这一天，马纳的母亲来到院子里，发现了晕倒的"木头人"，老妇人赶紧喂了她一些水和饭菜，"木头人"这才醒来。当"木头人"开口说话的时候，老妇人才知道她是个姑娘！姑娘向妇人描述了自己遭遇的不幸，老妇人可怜她，就收她当了婢女。

傍晚，马纳回家了，当他看见了母亲收留的肮脏的姑娘时，他大发雷霆："妈妈，你不应该收留这样一个怪物

啊！她说什么你都相信，但是你也许根本猜不到事情的真相！"

马纳又冲着"木头人"喊道："瞧你长得这个丑样，我一看见你心情就糟透了，快给我滚出去，我可不想在家里放着个妖怪！"

姑娘害怕极了，但是在马纳母亲千说万劝之下，马纳终于勉强地改变了主意，同意"木头人"留了下来。但是，马纳有一个条件，那就是永远不许她进厨房烧菜做饭。

尽管马纳开了条件，但他还是一有机会就想方设法为难她、折磨她，让她做这做那，并且骂她、讥讽她、嘲笑她，弄得"木头人"困扰极了。

可是，这个姑娘从看见马纳的那一刻就爱上了他，她对他的一切折磨只是暗自落泪，从来不反抗。

一天，村子里响起了"达姆，达姆"的鼓声，这是最美的男子马纳要选新娘了。村子里所有的姑娘都兴奋极了，把自己打扮得花枝招展，都想要迷住这个年轻男人的心。

　　"木头人"也请求马纳的母亲允许她参加这个盛会。平时，马纳的母亲特别同情这个丑陋女子，所以就答应了"木头人"，让她去见识见识，但是条件是绝对不能让她的儿子看见她。"木头人"高兴极了。

　　离开了马纳的家，"木头人"没有马上朝响彻全村的鼓声方向走去，而是来到了村子旁边的一片树林。她躲在灌木丛后面，摸了摸咒符，召唤仙女。仙女果然立刻出现在她面前。仙女按照"木头人"说的，把木头套子拆了下来，用最漂亮的服饰将她打扮得雍容华贵。姑娘拽着漂亮的裙角高兴地转了一圈，就在这时，仙女消失了，她没告诉姑娘下一步该如何做。其实，仙女想让她自己判断选择自己要走的路。这时候，身着华丽盛装的"木头人"向着鼓声的方向大步跑去。

　　她的步履轻盈稳健，越发显出高贵。瞧啊，她多么美丽啊！与她的美丽相比，任何赞美之词都显得苍白无力。

　　她在马纳选妻的现场一露面，所有观众的目光全都集中到了她身上，震耳欲聋的喧哗声停止了，孩子们吵闹的声音也停止了。一切都那么自然，就连乐手也被她的娇艳迷住了，忘记了自己要吹拉弹唱的事情。此时，全场一片寂静，鸦雀无声。年轻的姑娘从容大方，摆动着身子继续向前走，她的动作是如此有节奏，以至于所有在场的人，无论是男的还是女的，个个都情不自禁地随着她的动作而左右摇摆，就好像成片的高粱穗儿在晚风的吹拂下尽情地摇曳。

当姑娘走进了人群，人们自动闪开了一条通道，没有人敢碰触她，生怕玷污了这高高在上的仙女。姑娘就这样高傲地走着，一直走到了马纳的面前。马纳此时的心情真是难以形容，先前挑选到名单上的女子全部都被他抛到脑后，只有面前站着的这位姑娘让他着迷，他狂喜得似乎连心脏都要跳出胸膛。他激动地想发表一通感叹，但是此刻他张张嘴，一句话都说不出来，他完全被面前的这位年轻的姑娘征服了。他就那样痴痴地看着姑娘。在场的姑娘们忘记了嫉妒，和所有的男人们一起欣赏着马纳面前这位姑娘的美貌，大家慢慢围到两个年轻人的周围，都想凑到近处看个清楚。

场上的所有姑娘们光顾着欣赏马纳对面的女子，都忘了自己是干什么来的了。"木头人"嘴唇上挂着一丝微笑，这使得她的眼睛越发光彩夺目。这时，她抿了抿嘴唇，以任何人都无法模拟的如音乐般的嗓音打破了安静："马纳，我像其他姑娘一样，来试试自己的运气。"

马纳目不转睛地看着她，结结巴巴、含糊不清地说："你……你……你得胜了！"接着，他努力镇定了一下自己的情绪，用一种强调的语气补充说："我等的女子就是你，我预感你今天就会出现，现在，我拒绝所有的求婚者，我要欢迎你，我的主宰，我的女神！"

"木头人"抓住马纳那由于激动而发烫的手，四目双视，她认真地说："谢谢你，谢谢你在这么多姑娘中选择了我，比我漂亮的姑娘有很多，谢谢你给了我这份荣誉。"

"不，这个世界上最漂亮的女人就是你，你就像群星中最亮的那一颗，光耀长空。"马纳的声音激动地颤抖起来。

"那一定是你对我的错爱，噢！不，是厚爱。"姑娘羞涩地说。

"那么，我的天使，你愿意做我的妻子吗?"马纳急切而又虔诚地问。

"哪个女人不愿意和世界上最美的男子结婚呢？我愿意和你结合，但是我有个条件。"姑娘说。

"你的条件、你的吩咐就是对我的命令，你讲吧亲爱的，我一定同意。"马纳迫不及待想要听姑娘的条件。

"我请求推迟婚期，我要独自一人回到我来的地方，不要派人监视我，否则，我再也不会回来了。"姑娘瞪着大眼睛说。

"你说的我同意，但是，你至少给我一些什么信物，证明我现在不是在做梦。"马纳请求道。

"好的，我们交换戒指，这样你总应该信以为真了吧!"

姑娘伸出指头调皮地说。

他们两个交换了戒指，引起了人群中一片欢呼声。年轻的姑娘依依不舍地离开，慢慢消失在人们的目光中。这时候，鼓乐队完成了自己的使命，都散去了。追随着姑娘的身影，在场的人们也逐渐散去了。只有马纳，他眼望着姑娘离去的方向，在广场上待了很久，很久。

等天色晚了的时候，马纳才回到家，他像往常那样瞧见了"木头人"，不顾母亲的劝说，又把她狠狠地骂了一顿，

以发泄自己失落的情绪。以后的日子，马纳终日思念着姑娘，他整天待在广场上，希望已经消失了的倩影重新再出现在眼前，可是每天晚上都是徒然地回到家，这使他更加沮丧不堪。一天又一天，他逐渐憔悴、消瘦了。

马纳以前从来都没有尝过这样的感觉，可是他现在却成了全村最不幸的人，尽管人们都劝他振作起来，可是马纳依旧无精打采，他沉默寡言，动不动就发脾气，对什么都不感兴趣，经常把自己关起来，一个人对着墙壁冥思苦想。

他不想见人，因为他说，见到任何人，眼前都会浮现出那位姑娘的倩影。最后，他再也坚持不下去了，不顾母亲的反对，决定要走遍天涯海角，去寻找只出现在自己面前一次的未婚妻。

马纳的母亲在给儿子做路上吃的面饼时，"木头人"请求老人允许她也做一张。一开始，老人是拒绝的，但在姑娘的一再请求下，老人同意了，就这样，"木头人"也给马纳做了一张面饼。

第二天，悲痛欲绝的马纳带着面饼骑马上路了，他朝着姑娘离开的方向飞奔而去。天黑了，他饿得头昏眼花，想吃点东西，就拿出面饼来。他拿出的第一张面饼就是"木头人"给他做的，他在大口咬面饼的时候，发现了一枚戒指，这正是他和姑娘交换的那一只啊！真是太奇怪了！马纳对自己的发现诧异得说不出话来。他很迷惑，于是翻身上马，按照原路返回了家乡。一路上，天黑黢黢的，不知道是什么力量支持着他一路不停歇，等天空刚刚泛起鱼肚白的时候，他终于赶回了村子，到了家。

他迅速冲进母亲的屋子，这让老妇人感到很吃惊。接着，马纳用一种让人沉醉的语调问母亲："母亲，除了你，还有谁做过面饼？"

马纳这么问，说明他现在的情绪处于极度激动的状态，老妇人有些心虚、害怕，担心告诉他实情，他会做出一些什么不可挽回的事情来，于是，她说那些面饼都是她做的。可是马纳怎么会相信呢？他以一种哀求的语气请母亲说出做面饼的人。不得已，老妇人只得说出了实情。马纳没有向母亲做任何说明，自己就奔着婢女住的小屋飞跑过去。在极度兴奋中，他的力量倍增，把"木头人"紧紧地搂在怀里，并且欢快地喊来母亲，大声说："从今以后，这个'木头人'就是我的终身伴侣了！"

老妇人被马纳的行为惊掉了下巴，认为他肯定是疯了，就扯着嗓子大喊起来，喊声把全村的人都招来了。这时候，马纳没有了之前的憔悴，两眼炯炯有神，不停地向姑娘说一些语无伦次的话。马纳高兴得无法形容，一直把"木头人"紧紧地搂在怀里，并请求在场的人为他们祝福。

后来，马纳和"木头人"结婚了，但是不管痴情的丈夫如何百般恳求，"木头人"都不肯脱掉她的木头外衣，其实，姑娘想继续考验马纳。

马纳发现他如何恳求都没有用，于是考虑了很久，打算用某种计谋让她脱掉木头外套。

一天夜里，趁年轻的妻子熟睡之际，马纳在屋子里点了一大堆火，然后悄悄地走出屋子，用钥匙锁上了门，自己则躲在门后，把眼睛贴在门上，从狭长的门缝里观察动静。火着开了以后，屋子里闷热难耐，"木头人"醒了，她想，反正丈夫不在家，只有她一个人，于是就毫无戒备地从木头套子里面脱身出来了。说时迟、那时快，马纳开了门，一个箭步从屋外闯进来，一把抓起了妻子的木头套子，将它扔进火堆中。

姑娘想要冲进火堆拿出木头套子，却被马纳拦住了，而那堆木头早已经熊熊燃烧起来。从此以后，"木头人"只得恢复了她原来的面貌。

看到眼前年轻的姑娘正是在广场一见钟情的那个人，马纳高兴地说不出话来。而姑娘也不再躲避，她向马纳诉说了自己的经历，这让马纳为之前对"木头人"的糟糕态度而感到深深的自责。马纳决定为心爱的妻子做点什么，来减轻自己的愧疚。经过多天的寻找，马纳找到了妻子的亲生母亲，也就是他的岳母。本来，出于愤怒，他们想要对她做点什么，但是他的岳母已经遭受到了厄运，年老的岳母已经不再漂亮，终生都贫困潦倒，过着凄惨的生活。

　　年轻的姑娘多么善良啊，她决定原谅母亲的过错，原谅母亲曾给她带来的极大不幸，相反，对待母亲百般照顾，就像对待马纳的母亲一样。后来，他们一家人过上了幸福的生活，那幸福一直持续了很久，很久。

托捷里卡医生

从前，在一个边远山区住着一户很穷的人家，这家有三个儿子，其中小儿子叫托捷里卡。三个男孩子都很喜欢打猎。

一天，兄弟三人坐在一起聊天。

"咱们都长大了，应该替父母减轻一些负担。咱们一起去打猎，过独立的生活，怎么样？"大哥问两个弟弟。

两个弟弟都表示同意。他们准备好吃的和用的东西，带着猎枪和火药，走进了森林。

可兄弟三人跑了一天，只打了一只野兔。

太阳就要落山了，三个人坐在一起休息。他们在一块平坦的地方燃起篝火，拿出随身携带的干粮吃起来。

"今晚你们俩睡觉，我去站岗。"大哥对两个弟弟说。

前半夜一点儿声音都没有，十二点刚过，远处传来马车的声音，一辆由四匹马拉的大车从远处驶来。

"停车，你们是谁?"大哥高喊道。

没有人回答，车上的人好像没有听见一样。

"停车，再不停车我就开枪了!"大哥生气了，继续喊道。

马车停在大哥面前，下来一个年轻人。

"这只号角给你，无论你遇到什么困难，只要吹响号角就会有成千上万的士兵听你指挥。你再吹一下，士兵就会消失。"年轻人拿出一只号角，递给大哥，说完就回到马车上，消失在夜幕中。

大哥将信将疑，试着吹响了号角，面前出现一队队士兵。他又吹了一下号角，士兵立刻都消失了。

"兄弟们，你们睡得好吗?"天亮了，大哥回到两个弟弟身边。

"我们睡得很好。夜里有没有发生什么事情？"二哥问道。

"什么事都没发生。咱们把火弄旺，烤兔子吃，吃饱了继续打猎。"大哥没有说出实情。

兄弟三人在森林里走了一天，身上带的东西快吃光了。

"咱们得回家了。"大哥说道。

"什么猎物都没有打着，我们不能回家。"托捷里卡说道。

他们又走了一天，晚上坐下来休息。

"这地方怎么看着这么熟悉呢，我们好像来过。"托捷里卡对哥哥们说。

"没错，这就是我们早晨出发的地方，我们迷路了。"二哥左右看看，最终确定。

兄弟三人生起火，随便吃了点儿东西。

今天轮到二哥站岗。午夜过后，他也听到马车由远而近的声音。

"停车，车上是什么人？"二哥喊道。

马车停在二哥面前，又一个年轻人从车上下来。

"这个钱袋给你，无论你从里面拿出多少钱，里面的钱一点儿也不会少。"年轻人掏出一个钱袋递给二哥，说完回到马车上，马车转眼间消失了。

二哥想验证一下，于是从钱袋里抓出一把金币，再看看钱袋，钱袋果然还是满满的。他高兴极了，赶紧把钱袋放好。

这时，天已经大亮。

"你们快起来吧，我肚子饿了，咱们做饭吃吧。"他回来叫兄弟们起床。

"你遇到什么人了吗？"大哥睁开眼睛立刻问道。

"没有啊，一整夜都非常安静。"二哥也撒了谎。

他们走了一整天，到了晚上，发现又回到早晨出发时的地方，只得又在这里住一宿。

托捷里卡自告奋勇去站岗。

午夜过后，一阵清脆的马蹄声由远而近。借着月光，他看见由四匹马拉着的车迎面驶来。

"停车，你们是谁？"托捷里卡高喊道。

马车在他面前停了下来。车里坐了两个人，其中一个人拿出一顶帽子。

"这是隐形帽，只要你把它戴在头上，想干什么就干什么，你能看到别人，别人却看不到你。你想要到哪里去，只要戴上帽子，它马上就能带你去。现在，帽子就送给你了。"车上的人说完，就和马车一起消失了。

"帽子，我要去王宫，和国王在一个桌子上吃饭。"托捷里卡戴上帽子，随口说道。

话音刚落，他真的就到了王宫。王宫里正举行宴会，很多人来向公主提亲，公主全部拒绝了。托捷里卡坐在国王身旁，吃着肉，喝着酒。他能看到别人，别人却看不到他。他吃饱后，又让帽子把自己送回了森林里。

"哥哥，快起来吧。"他叫醒两个哥哥。

"昨夜发生什么事儿了吗？"两个哥哥立刻坐了起来。

"没有。"托捷里卡回答道。

兄弟三人又出发了，走了很久，来到一个村庄，随便找了一户人家讨水喝。

"我们迷路了，不知道怎么走到这里来了。"大哥对这家的主人说。

"不如你们就在这里安家吧，这里的人们心地善良，从不勾心斗角，每家都过得和和美美的。"主人笑眯眯地建议。

　　兄弟三人商量了一下，觉得这个主意不错，就买了一处房子，住了下来。

　　两个哥哥先后成了家，只有托捷里卡还是单身一人。

　　这天，哥哥过生日，兄弟三人聚到一起，喝了很多酒。

　　"其实我隐瞒了一件事情，这让我觉得很愧疚。我们住在森林的第一天晚上，我截下了一辆由四匹马拉的车，车上下来的人给了我一只号角。只要吹响号角，就有成千上万的士兵出现，再吹一下，士兵就又都消失了。就凭这只号角，我可以随时当上国王，只不过我不想过那种操心的日子。"喝到兴头上，大哥把秘密说了出来。

　　"我也隐瞒了一件事儿，我站岗的那天晚上，也遇到一辆由四匹马拉的车，车上下来的人给了我一个钱袋。钱袋总是满的，无论拿出去多少，金币都不会少。"二哥说道。

　　"其实我站岗的那天晚上，也遇到一辆由四匹马拉的车，车上下来的人给了我一顶神奇的帽子。我想去哪儿，帽子就会带我去哪儿。我戴着帽子去了一趟王宫，和国王在一个桌子上吃了饭。他们看不见我，我却能看见他们。我还听见公主说要嫁给打牌能赢过她的人。"托捷里卡最后端起酒杯说道。

两个哥哥听了之后，一句话都没有说，各自想着各自的心事。

"我们三兄弟只有我还是单身。二哥，你把钱袋借给我，我去和公主打牌。如果我娶了公主，将来就能做国王。到了那时，我就让你们做大官，你们说好不好？"托捷里卡说道。

两个哥哥还是默不作声。

"要不我用隐形帽和你交换？"托捷里卡再次问道。

"好吧。"二哥终于同意了。

托捷里卡接过钱袋，先给自己买了一套漂亮的衣服，然后直奔王宫而去，好不容易才见到了公主。

"您真美，我希望能娶你为妻。"托捷里卡对公主说。

"我说过，谁玩牌赢了我，我就嫁给谁。"公主傲慢地回答。

"我就是为此事而来的。"托捷里卡信心满满地说道。

公主和托捷里卡开始玩牌。

托捷里卡玩一次输一次，输了就从钱袋里拿金币。两个人玩了三天三夜，公主赢了三大桶金币，但托捷里卡的钱袋还是满满的。

公主发现了钱袋的秘密，便想要把钱袋占为己有。

"经过这几天的接触，我已经爱上了你，我愿意嫁给你。现在，我们休息一下，吃点儿东西，喝点儿酒，你觉得怎么样啊？"公主对托捷里卡说道。

"好吧，我也累了，正好想休息一下。"托捷里卡信以为真。

公主吩咐侍女端上酒菜。托捷里卡只喝了一杯酒，就熟睡过去。公主抓住时机，把托捷里卡的钱袋换成了一模一样的普通钱袋。

托捷里卡睡醒后，并没有看出钱袋被调包。两个人继续玩牌，与之前一样，仍旧是公主赢得更多一些。与之前不同的是，托捷里卡钱袋里的钱越来越少了，神奇的钱袋不再神奇，最后，钱袋里一个金币也没有了。

公主翻了脸，将他撵出王宫。

此时，托捷里卡才发觉钱袋被换了，可是有口难辩，只好回家。

"大哥，我一定要把钱袋夺回来，你能把号角借我用用吗？"托捷里卡去找大哥帮忙。

大哥二话不说，把号角借给了托捷里卡。

再次来到王宫，托捷里卡拿出号角使劲儿吹了起来，成千上万的士兵出现在他面前。

双方的军队开始混战，国王的军队寡不敌众，节节败退。

"我把公主嫁给你，你收回军队，我们不要再打了，你觉得怎么样？"国王提出讲和。

托捷里卡同意了，吹响号角，军队立刻消失了。

国王将托捷里卡请进王宫，大摆宴席，并承诺马上为他和公主准备结婚典礼。

宴席上，王后和公主一个劲儿地劝托捷里卡喝酒，结果他又喝多了，一醉不醒。

"年轻人，想跟我斗，等下辈子吧。"国王坏笑着说道。

国王用普通号角换走了托捷里卡的神奇号角，然后推醒他，撵他离开王宫。

迷迷糊糊的托捷里卡见国王翻脸了，立刻猜到自己的号角被换了。

托捷里卡非常生气，可又无计可施。

"国王陛下，我可以不娶公主，但是希望您能把钱袋和号角还给我，这两件宝物是我向别人借的，我得还给人家。"托捷里卡抱着最后一丝希望，低声下气地对国王说。

"谁拿了你的宝物？你马上给我滚出王宫，否则我就不客气了。"国王理直气壮地说。

托捷里卡丢了两件宝物，非常不甘心。卫兵放狗来咬他，他只能拼命逃出王宫。

托捷里卡跑到二哥家，向二哥讲述了自己被骗的经过。

"你能不能把帽子借我用用，我想把钱袋和号角弄回来。"托捷里卡对二哥说道。

"当然可以，不过你这次一定要小心，别把帽子弄丢了。"二哥叮嘱道。

"帽子，我要到国王的身边去。"托捷里卡接过帽子，戴在头上，然后说道。

话音刚落，托捷里卡就来到王宫，坐到了国王的身旁。国王和大臣们正在喝酒，美丽的公主就坐在托捷里卡的身

旁，当然，没有一个人能看见他。

"帽子，带我和公主去森林。"托捷里卡酒足饭饱之后对帽子说。

话音刚落，他们就到了森林里。托捷里卡摘下帽子，公主马上认出了他。

"亲爱的，是你呀。这里真美，你怎么没早点儿带我来呢？其实，我真的很爱你，可是父亲和母亲不允许我嫁给你。现在好了，我们离开了他们，可以有我们自己的生活了。等有机会，我就把钱袋和号角偷回来。有了这些宝物，我们就什么都不怕了。"公主似乎并不感到惊讶。

托捷里卡居然又相信了公主的花言巧语。

"现在就我们两个人，你能告诉我，你是如何带我来到这里的吗?"公主问托捷里卡。

"我有一顶隐形帽，戴上帽子的人能看到别人，但别人看不到戴帽子的人。而且，戴帽子的人只要告诉帽子，自己想去哪里，帽子就会带他去哪里。"托捷里卡一点儿都没有怀疑公主，将帽子的秘密全盘托出。

"原来是这样啊。"公主亲切地说道。

随后，公主又说了很多甜言蜜语。托捷里卡渐渐地放松了警惕，睡着了。

"帽子，快带我回王宫。"公主马上戴上隐形帽，并小声说道。话音刚落，公主就回到了王宫。

托捷里卡在森林里熟睡着，突然被一阵清脆的鸟叫声惊醒。

"公主，公主!"他大声喊道。

森林里已经没有了公主的身影。他还发现隐形帽也不见了，他立即猜出，帽子一定是被公主戴走了，顿时懊悔不已。

托捷里卡弄丢了三件宝物，实在没有脸回去见哥哥们了，只能在森林里漫无目的地走着。

托捷里卡走了很久，又累又饿，突然发现了一棵果树。

树上的果子红彤彤的，看起来很像苹果，但比苹果大了许多。

"如果是毒苹果怎么办？唉，毒死了更好，反正也没脸回家了。"托捷里卡自言自语道。

他下定决心，摘下两个苹果，几口就吃完了，肚子是不饿了，可怪事却出现了，他的额头上长出两只角。

托捷里卡心灰意冷，对于长出角这件事儿，也就不感到惊讶了。

托捷里卡继续往前走，走出不远，又看到一棵果树。树上长着黄澄澄的鸭梨。

他忍不住诱惑，随手摘了一个鸭梨吃。吃了之后，他觉得头上不那么沉了，原来一只角掉了。他又吃了一个鸭梨，另一只角也掉了。

托捷里卡计上心来，摘了很多梨，又找到那棵苹果树，摘了很多苹果。准备妥当后，他兴冲冲地向王宫跑去。

托捷里卡打扮成小贩的模样，来到王宫外面卖苹果。苹果又大又红，引来很多人围观。

"苹果怎么卖啊？"有人问道。

"四百金币一个。"托捷里卡边摆苹果，边回答道。

"太贵了，这是什么苹果啊？"围观的人惊讶地喊道。

不一会儿，有人在王宫前卖高价苹果的事儿就传开了，最后传到公主那里。公主觉得好奇，就让侍女去买了四个苹果。

苹果买回来之后，公主送给国王一个，送给王后一个。回到卧室，公主把剩下的两个苹果都吃掉了，不一会儿，头上长出两只角。

国王和王后吃完苹果，分别长出一只角。不过，他们自己并没有什么感觉。

"快看，他们的头上长了角！"一个侍女看到后，对另一个侍女小声说道。

"这是怎么回事儿？"侍女小声嘀咕道。

"父亲，母亲，你们的头上怎么长角了？"公主见到国王和王后后，惊讶地喊道。

"孩子，你的头上怎么长了两只角？"王后惊讶地问公主。

国王、王后和公主的头上长出角的事情，很快就传遍了整个王国。国王召集众多名医来为自己和家人治疗怪病，但所有名医都束手无策，无功而返。

托捷里卡去裁缝铺做了一身医生的衣服，又买了一顶帽子、一副眼镜和一个药箱。药箱里，常用药品和物品应有尽有。

就这样，托捷里卡装扮成一名医生，来到王宫。

"什么人？"守门的卫兵问道。

"我是一名医生，专治疑难杂症。就算是病入膏肓的人，经过我的治疗，也可以起死回生。"托捷里卡回答道。

"国王得了一种怪病，头上长了角。如果你能治好国王

一家的怪病，那么一定会得到不少赏赐，你快进去吧。"卫兵对托捷里卡说道。

托捷里卡见到国王，说明来意。

"你如果治好了我的病，我就赏你一袋金币。"国王说道。

"您放心，我一定能治好您的病。"托捷里卡信誓旦旦地说道。

说完，他装模作样地从药箱里拿出药，抹在了国王的角上。

"您把这个鸭梨吃了，等我拔角的时候，您就不会觉得疼了。"托捷里卡拿出一个鸭梨，递给了国王。

国王信以为真，吃了鸭梨，角马上不见了。此时，托捷里卡假装用力拔掉了角。国王摸了摸头顶，发现角真的没了。

"你真是一名神医，我要好好地奖赏你。"国王高兴极了，赏给托捷里卡一袋金币。

国王让人请来了王后。

"你快把王后的角也弄掉。"国王指着王后，对托捷里卡说。

托捷里卡故技重施，王后的角也不见了，国王又赏了他一袋金币。

国王赶紧派人请来公主。

"你快把我女儿的角弄掉。"国王说道。

托捷里卡来到公主面前，摸了摸公主头上的角，挠了挠头。

"公主的这两只角，可不太好治啊。她的角很坚硬，不能拔，只能锯掉了。"他假装为难地说道。

"锯就锯吧，只要能弄掉就行。"公主着急地说。

"我治疗公主时，你们都得出去，一个小时以后才可以进来。而且，公主治疗时，会非常疼。她可能会大喊大叫，你们听见了，也不可以进来，否则就前功尽弃，公主的角就再也掉不了了。"托捷里卡叮嘱国王和王后道。

"好吧，就按照你说的办，我们不进来。只要能治好我女儿的病，任何要求我都答应。"国王虽然有点儿舍不得，但为了去掉公主头上的角，也只好答应了。

"那好，你们现在就都出去吧。我再说一遍，无论公主怎么叫喊，你们都不能进来。"托捷里卡强调说。

房间里就剩下托捷里卡和公主两个人。

"这个医生能治好父亲和母亲的病，那也一定能治好我的病。"公主并没有认出托捷里卡，心里还为了马上能去掉难看的角而暗自高兴着。

托捷里卡从药箱里拿出一根绳子，一头系在公主的角上，另一头绕过房梁，就这样将公主吊了起来。

"忍忍吧，一会儿就好了。"公主以为面前的"医生"是在给自己治病，努力配合着。

吊了一段时间后，公主有些受不了了。

托捷里卡拿起一根棍子，开始抽打公主。公主哭喊起来。国王和王后听见了，以为是医生在治疗女儿的病，也就没有进去。

过了一会儿，托捷里卡打累了，于是停下来休息。

"你个坏心肠的女人，居然骗了我三次。我的号角呢？我的钱袋呢？我的隐形帽呢？你最好把我的宝贝都还给我，否则，我就用更狠的刑罚对付你，让你的角跟着你一辈子。"托捷里卡对公主说道。

此时，公主才认出他。国王和王后听见后，也赶紧走进来。

托捷里卡又举起棍子，要抽打公主。

公主赶紧求饶，国王只能把三件宝贝都还给了托捷里卡。他拿出两个鸭梨，递给公主。

"帽子，帽子，我们回家吧。"托捷里卡把帽子戴上，开心地说道。

话音刚落，他就回到了两个哥哥的身边。

他将号角和钱袋还给了两个哥哥，又把事情的经过讲了一遍。听说他惩罚了骄傲的公主，两个哥哥拍手称快。

　　"我以后再也不要娶什么公主了，就算是贵族家的小姐我也不打算娶了。"托捷里卡坚决地对两个哥哥说。

　　后来，他娶了一位心地善良的农家女为妻，开开心心地过了一辈子。

石 头 人

在一个遥远的王国，有一对儿年轻的国王和王后。国王聪明睿智，王后美丽大方。但美中不足的是，他们婚后多年没有孩子。

国王贴出告示，说如果有人能让王后怀孕，他就可以得到金银财宝无数。

重赏之下必有勇夫，几日后，一个黑人揭下了告示，自称有一种神奇的药草，熬水喝下就能怀孕。侍卫不敢怠慢，急忙把他请进王宫。

黑人来到国王面前，从怀里掏出一棵有花有果、香气扑鼻的药草。

"如果喝了草药，王后没有怀孕，您就杀了我。"黑人信誓旦旦地说。

黑人在王宫住下来，整日受到好酒好菜的招待，等待王后怀孕领赏。

国王把药草交给王后，王后又把药草交给厨娘。

出于对王后的忠心，汤药煎好后，厨娘尝了一口，感觉没有什么不良反应，便端给了王后。

王后喝下草药，不久就怀孕了，举国上下一片欢腾。

国王把王宫里最好的千里马和一件价值连城的金丝衣赏赐给了黑人。

厨娘尝了草药，也怀孕了。

十月怀胎一朝分娩，王后和厨娘同时生下了各自的儿子。王后的儿子名叫达封，厨娘的儿子名叫阿封。两个孩子在宫廷里一起玩耍，逐渐长大成人，结为兄弟。

一天，侍卫报来边疆暴乱的消息，国王打算亲自出征。

"孩子，我把王宫中所有的钥匙都交给你，你可以去所有的房间寻找你喜欢的东西。"国王临行前对儿子说。

王子接过国王的钥匙。

"父王此去凶多吉少，王宫里的事务就交给你打理了。但是，那间只能用金钥匙打开的房间你千万不要进去，否则就会有灾难发生，记住了吗？"国王继续叮嘱道。

送别国王，王子回到王宫，打开第一个房间。他立刻被眼前的东西惊呆了，里面全是些珍珠、翡翠和宝石。因为没有自己喜欢的东西，他又打开了另一个房间，里面全是些金银器皿和金币，也没有他喜欢的东西。

王子接连打开几间屋子，都没有他喜欢的东西。手里的钥匙都用完了，只剩下了那把金钥匙。父王一再叮嘱不能进入这个房间，里面到底有什么东西呢？王子在门外走来走去。

在好奇心的驱使下，王子最终还是打开了那个神秘的房间。里面没有珍珠宝石，也没有金银财宝，只有一架望远镜。

王子拿起望远镜，一座金碧辉煌的宫殿立刻出现在他眼前，再仔细瞧看，一名美丽的公主在鲜花丛中翩翩起舞，原来她就是异国的基拉丽娜公主。

从此，王子便每天来到这个神秘的房间看公主，觉得心情特别愉悦。随着时间的流逝，他爱上了公主。

一天，王子早早打开了房间，希望马上能见到公主。可是，事与愿违，望远镜里的公主消失了，一连几天都没有

出现。

王子茶饭不思，变得异常憔悴，最后竟病倒了。王后找来很多名医给他诊治，但始终病情不见好转。王后急坏了，盼望丈夫早日归来，治好儿子的病。

国王终于胜利归来，王后和大臣们一起到城门迎接。

"怎么不见王子？"没有见到王子，国王问王后。

"我们的儿子生病了，不吃不喝，瘦得不像样子，你快想想办法救救我们的儿子吧！"王后哭诉道。

"我知道是怎么回事啦，这个不听话的孩子！"国王恍然大悟。

国王请来了全国最好的医生来给王子治病，但仍无济于事。

"王子得的是相思病，如果不跟心爱的人结婚，恐怕性命难保。"医生说道。

无奈，国王只好派出使者去向基拉丽娜公主求婚，但却被她的父王拒绝了，公主的父王不愿意让自己的女儿远嫁异国。

王子知道后决定亲自去见公主，用真诚感动她，娶她为妻。

王子把这个想法告诉了结拜兄弟阿封。

"我陪你去，为了王子的幸福，我愿牺牲一切。"阿封坚定地说。

他们历尽千辛万苦，最后来到北极妈妈家。

阿封轻轻敲门，出来一个老妈妈。

"您好，老妈妈，天马上就要黑了，我们想在您这里暂住一夜，可以吗？"阿封彬彬有礼地问。

"孩子们，我很愿意留你们在我家里做客。可是不行啊，我的儿子北极一旦回来，会把你们冻死的。你们还是去找春风妈妈吧，也许她会帮助你们。"北极妈妈说。

谢过北极妈妈，达封和阿封来到暴风妈妈家。

"年轻人，我很愿意你们来我家做客，可是不行呀，我的儿子暴风马上就要回来了，他会把你们卷上天空，你们还是快走吧。"暴风妈妈说。

"谢谢您，老妈妈，那就不打扰了。"阿封说道。

达封和阿封谢过了暴风妈妈，继续赶路，终于来到春风妈妈家。

一个漂亮的中年女人接待了他们。

"我知道你们是来干什么的，王子在寻找美丽的基拉丽娜公主，想娶她为妻。"还没等他们说话，春风妈妈便说出了他们的来意。

"是的，是的！"王子激动地说。

"你们就留在这里吧，不过我得把你们藏好。你们千万不要说话，也不要弄出声音。如果让我儿子闻到陌生人的气味，那就麻烦了，他会不高兴的！"春风妈妈叮嘱道。

春风妈妈把达封和阿封藏在金鸟的翅膀下面，大金鸟又飞回炉子后面。

突然，一阵春风吹来，顷刻间，一股玫瑰的花香弥漫了整个屋子，原来是春风回来了。

"妈妈，我回来了。"一个满头金发，银色翅膀，英俊潇洒的年轻人走进屋子。

听到喊声，春风妈妈从另一个房间走出来。

"儿子，你怎么回来这么早，快坐下歇歇！"春风妈妈说。

"孩子，能告诉我基拉丽娜公主的王国在哪里吗？有个王子想娶她为妻，但不知道怎么走？"看到春风高兴的样子，母亲问道。

"这事儿很难，她的王国离这里很远，要走十几年的路才能到达。"春风回答说。

"没有捷径吗？"春风妈妈问道。

"能找到黑森林就好办了。"春风回答说。

"找到黑森林以后呢？"春风妈妈继续问。

"黑森林里有一块魔木，但一般人找不到它。"春风回答说。

"如果找到了这块魔木呢？"春风妈妈做出好奇的样子询

问道。

"坐在魔木上，很快就能飞到基拉丽娜公主的王国。"春风回答道。

"噢，原来是这样。就是说只要找到黑森林，找到那块魔木，就能到达基拉丽娜公主的王国。"春风妈妈大声重复道。

"到了基拉丽娜公主的王国，敲三下魔木，它就会变成一头金鹿。只要躲在金鹿的腹中，就能顺利进入基拉丽娜公

主的房间，把她抢走。"春风继续说道。

"但是，如果有人听到了此事，并将此事告诉了别人，他下半身就会变成石头。"春风严肃地说。

"有这么严重啊!"春风妈妈颇为惊讶。

"基拉丽娜公主一旦结婚，暴风妈妈便会嫉妒万分，会派一个商人去贩卖服装，而且公主一定会买。她只要穿上这件衣服，立刻就会生一种只有斑鸠的眼泪才能治好的病。但是，如果有人听到了此事，并将此事告诉了别人，他的全身就会变成石头。"春风接着严肃地说。

这时，在金鸟温暖的翅膀下，王子竟然睡着了，春风的话一点儿也没听见，只有阿封听得清清楚楚，并牢记在心。

春风走后，春风妈妈又拍了三下手，金鸟带着兄弟两个飞到春风妈妈面前。

"春风妈妈，您打听到去基拉丽娜公主的王国的方法了吗?"王子问道。

"对不起，年轻人，我忘记问了。"春风妈妈害怕变成石头，不肯告诉王子。

"没有关系，春风妈妈。在此打扰一宿，不胜感激。有机会去我们的王国做客，我一定尽地主之谊，好好招待您。"王子安慰道。

兄弟两个谢过春风妈妈，继续赶路，一路走一路打听。太阳快要落山的时候，一条大河横在他们面前。河里流动的不是水而是松脂，大火熊熊燃烧，沙子、石头漫天飞舞。王子害怕极了，而阿封却很镇静。

"不用害怕，我们走另一条路好啦。我带你去黑森林，你只要按我说的做，就一定能见到心上人。"阿封安慰王子说。

他们来到黑森林，阿封开始寻找魔木。功夫不负苦心人，阿封终于找到了那块魔木。阿封叫王子坐卜魔木，抱住自己的腰。木头立刻变成由十二匹烈马拉着的车，腾空而起，闪电般向前飞去。王子紧闭双眼，紧紧搂住阿封。

一会儿工夫，马车就降落在基拉丽娜公主的王国。

突然，马车不见了，又变成了一块魔木。王子站在宫殿前，从窗外望着公主的身影。公主也从窗里看到了在睡梦中相会的王子。

怎样才能见到朝思暮想的王子呢？公主苦思冥想，终于想出了一个好办法，让他们扮成商人，来宫里卖货。

宫女将办法告诉兄弟二人。他们马上买来一副挑子，打扮成商人模样来到王宫。

公主买了一些发卡、木梳之类的东西，趁机看清了王子的面目，更加喜欢他了。

王子扮成商人每天在宫门外卖货。公主借买东西的机会经常和王子见面。

可是接连几天，王子失踪了。见不到王子，公主躺在床上一病不起。

公主生病的消息急坏了国王，他请来全国最好的医生为公主诊治，可病情非但不见好转，反而越来越重。

原来王子是把自己关在屋子里，筹划抢走公主的办法。当王子听到公主病重的消息，立刻急得不知所措。

阿封想起了春风说的话——让魔木变成一头金鹿，于是他求见国王。

"国王陛下，只要找来一头能唱歌的金鹿，让它在公主的屋里待上三天三夜，基拉丽娜公主的病自然就会好的。"阿封说。

国王派人贴出了寻找金鹿的告示。

可是两天过去了，还是没人能找到会唱歌的金鹿。

第三天早晨，阿封敲了三下魔木，一头美丽的金鹿立刻出现在王子面前。阿封将王子藏入金鹿的腹中，牵着它来到王宫前。

宫殿前围满了看热闹的人，大家议论纷纷。

听说找到了金鹿，国王立刻跑到宫门外，想要高价买下它。

"不卖，不过可以借你用几天。"阿封说道。

"我只用三天，需要多少钱？"国王问。

"一千个金币。"阿封回答说。

付了金币，国王将金鹿牵进基拉丽娜公主的房间，然后转身离去，等待奇迹发生。

金鹿面对着基拉丽娜公主一展歌喉。歌声清澈悦耳，仿佛天籁之音，公主听着听着，竟然睡着了。

王子从金鹿的腹中走出来，吻了吻公主的额头，重新回到金鹿的腹中。

"我昨晚梦见年轻帅气的王子吻了我的额头。"公主对宫女说道。

"如果今晚他再来吻你，你就抓住她。"宫女为公主出主意。

自从有了金鹿，公主仿佛变了一个人，精神好多了。

看到女儿脸上有了笑容，也开始吃东西了，国王非常高兴，再三嘱咐宫女一定要好好服侍公主，让她的病快点儿好起来。

公主期盼着夜晚的到来，期盼着金鹿悦耳的歌声，期盼着王子的热吻……

公主假装睡去。王子从金鹿的腹中走出来，刚想吻公主，却被公主一把抓住。

"终于见到你了，不要再离开我。"公主哭着说。

两人紧紧抱在一起，诉说相思之苦，直到天明。

三天的时间到了，阿封来牵金鹿，国王跟在后面。

公主抱着金鹿的脖子不让它离去。

"父王，留下金鹿吧，要是它走了，女儿也不活了。"公主哭喊道。

国王无可奈何，在房间里走来走去。

"你请求国王把金鹿放出城，并要求送金鹿一程，城外会有由十二匹烈马拉的车在等我们。我们一起乘车离去，这样你和王子就可以天天在一起，不用再受相思之苦了。"阿封悄悄告诉公主。

公主破涕为笑，请求国王放了金鹿。父王答应了公主的请求。公主带着宫女送金鹿出城。

阿封敲了三下金鹿的肚子，金鹿立刻变成了一辆由十二匹烈马拉着的车。阿封一只手拉着公主，一只手拉着王子，跳上马车。

马车风驰电掣，最后回到王子的王国。

国王听到儿子回来的消息，立刻出城迎接。

父子俩紧紧拥抱在一起。

国王为王子和基拉丽娜公主举行了隆重的婚礼，并宣布

由王子继承王位。

王子成为了国王后过了一段时间。一天，基拉丽娜王后坐在窗前，看到街上有很多商人在卖衣服，便吩咐宫女叫一个商人进宫。王后买了件非常合体、漂亮的衣服。

王后特别喜欢这件衣服，天天穿在身上。

可是不知为何，自从穿上这件衣服，王后便茶饭不思、经常失眠、脸色蜡黄、日渐憔悴。

这可急坏了国王，他命令贴出告示，寻医问药，但王后的病情始终不见好转，最后竟奄奄一息了。

看到告示，阿封立刻明白了一切，知道这是暴风妈妈搞的鬼，并想起了春风说过的话——只有斑鸠的眼泪才能救她的命。

阿封买了几只斑鸠，将辣椒水灌到它的眼睛里，得到了斑鸠的眼泪。

在一个漆黑的夜晚，阿封潜入王后的卧室，将斑鸠的眼泪洒在她的身上。

阿封从王后房间出来，不慎被侍卫发现。

侍卫将此事报告了国王，并添枝加叶地说阿封吻了王后。国王一听立刻火冒三丈、大发雷霆，下令处死阿封。

阿封被绑赴刑场。

"亲爱的国王陛下，临死前我有个请求，希望您能召集王公贵族，我有一些重要的话要对他们说。"阿封请求国王。

"看在你我兄弟一场的分上，我就满足你这最后的要求。"国王勉强答应。

国王将王公贵族召集到刑场，基拉丽娜王后也赶来了。

"无耻的东西，现在大家都来了，有什么话就快说吧！"国王愤怒地喊道。

"我想给大家讲一个真实的故事。从前有一个王子，爱上了另一个王国的公主，最后竟得了相思病，他的结拜兄弟发誓要帮助王子找到心上人。兄弟二人历尽千辛万苦，终于找到了春风妈妈。通过她和儿子的对话，王子的结拜兄弟知道了迎娶公主的方法。但是，这个方法只能意会不能言传，否则他就会变成石头。而这个时候，王子却睡着了。尽管如此，王子的结拜兄弟还是帮助王子娶到了公主。"阿封说道。

话音刚落，阿封小腿以下立刻变成了石头。

"怎么会这样，这可怎么办啊?"王公贵族们发出一片尖叫。

"王子的结拜兄弟来到公主门前，将魔木变成一头金

鹿，让王子藏在金鹿的腹中，进入公主的卧室。他们终于相见，并最终娶到了公主。"阿封继续讲述。

话音刚落，阿封的下半身也变成了石头。

国王夫妇听后放声大哭，想要捂住阿封的嘴，不让他继续说下去。

"公主和王子结婚后，暴风妈妈嫉妒他们，便指使一个商人贩卖毒衣。王后穿上毒衣一病不起、奄奄一息。他的结拜兄弟找到斑鸠的眼泪，夜里潜入王后的卧室，把眼泪洒在她的身上。王后终于得救了。"阿封继续艰难讲述。

话音刚落，阿封的整个身体都变成了石头。

"好兄弟，我错怪你了。你为什么不给我赎罪的机会？"国王失声痛哭。

"阿封，如果不是因为我，你也不会落到如此地步，我是罪魁祸首。"王后泪流满面、痛不欲生，最后竟昏了过去。

一位名医为王后诊治，发现她怀孕了。人们转忧为喜，

奔走相告，王国后继有人了！

国王吩咐将石头阿封搬进自己的卧室，日夜为伴。

"你是我们的恩人，是我们永远的亲人，是我的好兄弟。"国王反复念叨着这几句话。

时光荏苒，岁月流长，国王和王后先后生了两个儿子。

一天夜里，国王做了一个梦。

"请不必自责，你的石头兄弟还能恢复肉身，不过代价是用你儿子的血浇在你石头兄弟的身上……"一个老婆婆在国王的梦中说道。

"就没有别的办法吗，这样太残忍了。"国王紧张万分。

"没有，要儿子还是要兄弟，你自己决定吧。"老婆婆说完就不见了。

第二天早晨，国王将此事告诉了王后。

"阿封是为了我们才变成了石头，我应该赎罪，这样吧，就用我的血来救我的兄弟吧。我死后，让我们的大儿子继位，你要好好辅佐他。"国王说完拿出尖刀……

奇迹出现了，石头阿封立刻有了知觉，先是眼睛动了几下，然后是头、上身、腰部……

"天啊，我怎么睡着了，我的兄弟，你还好吗?"阿封对国王说道。

"我的好兄弟，你终于活过来了。"话音刚落，国王便扑倒在地上。

"国王，国王，你快醒醒! 你怎么啦?"阿封惶恐地叫喊着。

"为了救你，国王才变成这样的。"王后说道。

"我在梦中遇到过一个老婆婆，她说用我的血可以救活一个曾经救过我的人，难道这是真的吗?"想到这里，阿封毫不犹豫地割破了自己的手，将鲜血滴到国王的嘴里。

国王奇迹般地复活了，两个好兄弟紧紧地拥抱在了一起。

王宫内外，人们奔走相告，称赞国王和阿封的忠义之举。一个为了兄弟的幸福，宁愿自己变成石头，另一个为了挽救兄弟的性命，宁愿牺牲自己……